映画

「コーヒーが冷めないうちに」

オフィシャルブック

とある街の
とある喫茶店の
とある席には
不思議な都市伝説があった

その席に座ると、
コーヒーが冷めるまでの間だけ
望んだとおりの時間に
移動できるという

喫茶店の名は
フニクリフニクラ

今日も、
その噂を聞いた客が
この店を訪れる

しかし、そこには

めんどくさい……

非常にめんどくさい

ルールがあった

一、過去に戻ってどんな事をしても、現実は変わらない。

二、過去に戻っても、この喫茶店を出ることはできない。

三、過去に戻れるのは、コーヒーをカップに注いでから、
そのコーヒーが冷めてしまうまでの間だけ。
コーヒーが冷めないうちに飲み干さなければならない。

四、過去に戻れる席には先客がいる。
席に座れるのは、その先客が席を立った時だけ。

五、過去に戻っても、この喫茶店を訪れた事のない人には
会う事ができない。

喫茶
フニクリフニクラ

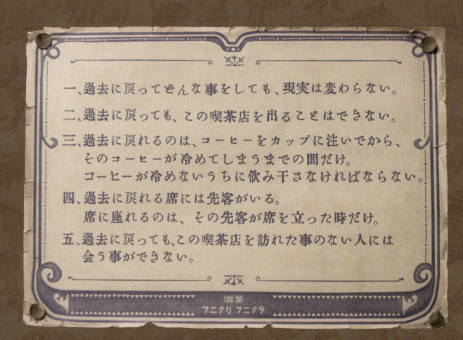

映画「コーヒーが冷めないうちに」
オフィシャルブック　目次

スペシャルインタビュー 1

時田数

有村架純

［プロフィール］

有村架純（ありむら・かすみ）

1993年2月13日生まれ、兵庫県出身。2010年に女優デビュー。2013年、NHK連続テレビ小説『あまちゃん』で人気を獲得、『映画ビリギャル』（2015年／土井裕泰監督）で、第58回ブルーリボン賞主演女優賞、第39回日本アカデミー賞優秀主演女優賞、新人俳優賞をダブル受賞。その後も数々の映画、ドラマで活躍。昨年はNHK連続テレビ小説『ひよっこ』の主演を務め、国民的女優としての地位を不動のものとする。

イヤリング ¥5,800（税抜）
問い合わせ　キュベ ☎048-256-7071

スタイリング／瀬川結美子（NOMA Co.,Ltd）
ヘアメイク／尾曲いずみ（STORM）
写真／良綱

ヒロイン・時田数を印象的に演じた有村架純さんに役づくりから「きゅん」としたシーンまでお聞きしました。

――時田数というキャラクターをどういうふうに作っていきましたか?

原作のフニクリフニクラには、時田流の奥さんで数のお義姉さんである時田計さんがいて、2人で過去に戻りたいというお客さんに向き合っていくんですよね。数は人に対して閉じていて、計さんは開いている。そんなバランスで。

でも、映画の『コーヒーが冷めないうちに』には計さんがいない設定で、2人が合わさった役が数になっているという印象を受けました。

だから、柔らかさもあるし、ミステリアスさもあるし、周りの人からすると簡単には「こういう子」と読めない部分も持ち合わせなくちゃいけないと思って。そのバランスはすごく難しいところで、監督ともプロデューサーとも相談して、序盤はミステリアスな感じを大切にしていきました。

――「コーヒーを淹れることで、人を過去に戻すことができる力がある」というのは不思議な設定です。しかも、数にはその力があることで受けた心の傷もあるようで……どんな気持ちでフニクリフニクラに立っているとイメージされていましたか?

数は、フニクリフニクラにやって来るお客さんの人生に関わっていく立場であることを自覚しています。自分が目の前の人の人生を変えてしまうかもしれない。だからこそ、お客さんそれぞれの人生に関わることが苦しいな、しんどいな、と思う日も絶対にあっただろうなぁって。だけど、自分にしかできない自分の役割だから……と自問自答しながら生きてきたんじゃないかな。それでも数は、そん

数は、自分が人の人生を変えてしまう苦しさとともに生きてきたんじゃないかな

過去に戻るコーヒーを淹れる数

ないろいろな感情を抑え込みながら、「自分の役目として、仕事だから淡々とやっている」ように見せているのかな、と。私としては、「そこに何の感情もありません」という感じを匂わせながら、でもそれは物語が進むにつれて変化していく数を見せるための伏線という感覚で演じていました。

――コーヒーを淹れる所作、儀式のシーンが大変だったと聞きました。

監督が「ここは神々しく撮りたい」「美しく、美しく」とおっしゃっていたので、事前にかなり練習しました。1つ1つの動きを丁寧に、目線にも気をつけながら、「美しくやろう」と自分に言い聞かせて撮影に臨んだのを覚えています。

――あわせて、「コーヒーが冷めないうちに」というセリフも毎回少しずつ違っているように感じました。そこにはどんな気持ちを込めていたんですか？

誰に言うかで、言い方や目線を変えていました。数がこれから過去に戻ろうとしている人に対して、どんな感情を向けているか。亡くなってしまった妹に会いたいという平井さん（吉田羊）には、確実に帰ってこられるようにちゃんと「コーヒーが冷めないうちに」と伝えたい。認知症が発覚した頃の奥さんに会いに行く房木さん（松重豊）は絶対に戻ってきてくれるはずだから、少し投げかけるくらいの感じで「コーヒーが冷めないうちに」と。このセリフは相手との距離感で変わるので、絶妙なラインを意識していました。

――特に前半の数はあまり感情を表情に出さない分、有村さんも抑えた演技をされていました。演じる上で、難しさはありませんでしたか？

ありましたね。数的にはうれしいとか、楽しいとか、幸せだなとかって思うこと自体が申し訳ない。そんなふうに思ってずっと過ごしてきたはずで。本当はもっと楽しく生きたいけど、後ろめたさがある。笑うことにも罪悪感がある。そんな心のなかの葛藤を表現するのは、すごく難しかったですし、受け身のお芝居にはフラストレーションが溜まることもありました。

「コーヒーが冷めないうちに」というセリフは、
誰に言うかで少しずつ変えていました

現場では、監督から「オッケー」という言葉をもらえることが、常に私の励みになっていました。とにかく数をやりきれてよかったです。

――数にとって新谷はすごく大きな存在でしたね。彼と出会って恋をしていく過程で、少しずつ自然な笑顔も出てくるという変化が魅力的でした。

私も新谷くんがいてくれてよかったなと思います。数の抱えていたわだかまりも新谷くんが側にいてくれたことで解決した部分があるし、外の世界へ引っ張っていってくれました。

数が新谷くんと出会って幸せな感情を覚えていくところは、演じていて自分自身もすごく楽しかったですね。なんだか、数がどんどん救われていくような感じがして。その高揚感だったり、抜け出せそうだっていう躍動感だったり、数のなかに芽生えていく前向きな感情だったりがすごくおもしろくて。新谷くんとのシーンは、どういうふうにすればそこが表現できるかなって、いろいろ考えてやっていました。

実際、演じていても健太郎さんのお芝居がすごくまっすぐで。小細工せずに数に向かってきてくれたから、自分の気持ちも自然と動いていったというか、引っ張ってくれる存在でした。

――数の心にはどんな変化が起きていたんでしょうか？

数は元々、フニクリフニクラに来る人たちの未来が明るくなってほしいと願っていたと思うんですね。だから、過去に戻せるという能力についてもポジティブに捉えていて、だけど、この仕事をしていてもいいのかな？　という葛藤もあって。それが新谷くんと出会って、二美子さんや房木さん、平井さんを過去に戻すうち、少しずつ自信が積み重なり、この仕事を続けていいのかなと考えるようになったんじゃないかなと思います。

例えば、数と新谷くんが雪山に行くシーンがありますよね。あそこで、新谷くんから「誰かを幸せにしたら、その幸せが自分にも返ってくるって言うよ」と言ってもらえたのは、数の励みになり、背中を押されたと思います。

――数には、「自分が幸せになっちゃいけない」とブレーキをかけているところがあったと思います。どのあたりで新谷

「数が救われていくところは演じていて楽しかったです」

健太郎さんはとてもまっすぐ。
自分の気持ちも引っ張られました……

を意識し始め、恋をしてもいいのかなと思い始めたんでしょうか？

新谷くんを意識し始めたのは、わりと早かったと思います。大学の学祭の写真展に行った時点で、もう気持ちは動いていたのかな。なんとなーく気にはなるくらいかもしれないですけど。

そこから、「この人だとなんかしゃべっちゃうな」とか。新谷くんがそんな雰囲気を持っている人だから、自然と惹かれていったんだと思います。

——雪山のシーンを始め、数と新谷のデートシーンはいくつもありました。特に印象に残っているのはどこですか？

そうですね、早朝の池の畔もあったし、家の中でのシーンもあったし、んんんー、そうだなぁ……どうだろう。

数が楽しそうだなぁと思ったのは、大学のグラウンドにみんなでカラーコーンを立てて、ドローンを飛ばしているところですね。ああいう場所に新谷くんが連れ出してくれたっていうのが、数はうれしかったと思います。

あとは、居酒屋さんで仲間たちと飲んだ帰りに、新谷くんが数の鞄を引っ張って、グループからちょっと離れるところ。改めて見返してみたら、さりげないシーンなんですけど、「あっ！」って思ってキュンとしました（笑）。そんなふうに感じられるシーンになっていて、よかったなと思いました。

——現場でのアドリブから生まれたシーンなどあれば、教えてください。

監督って本当に女子も男子も、「ああ～、たしかにそれをされたら、キュンとするなっ」とか、そういうアクションに詳しいんですよ（笑）。

——キュン、ですか？

例えば、数が部屋で寝込んでいるシーンの撮影で、新谷くんが数の部屋に入ってきて話すんですけど、監督が健太郎さんに「ちょっとさ、もう少し距離近くな

数と新谷が近づくキッカケになる、居酒屋のあとのシーン

「居酒屋さんのあとのシーンは、
見返して
キュンとしちゃいました」

らない？」とひと言をかけていたんですね。

たしかに、ちょっと離れていて、遠慮がちではあったんですけど。そのひと言があったことで、新谷くんが数の頭をポンポンとする動きが加わって、あのシーンにより親密感がプラスされました。

そんなふうに、終わってみると「そうですよね！」みたいなアイデアをポンと出してくれるのが、監督のすごいところだなと思いました。

――塚原監督の演出から刺激を受けたことは？

監督の演出で広がっていったシーンは多かったですね。そこに演じる側のアドリブも加わって、シーンが盛り上がり、濃密になっていきました。たぶん、監督のなかで「このシーンにプラスαできることは何があるかな」と常に考えていらっしゃると思っていて、すごく勉強になりました。

例えば、数が羊さん演じた平井から口紅を塗ってもらうところは、台本になかった動きでしたね。

――タイムスリップのシーンの撮影が準備も含めて大変だったとも聞いています。水槽に飛び込むのはいかがでしたか？

じつは私、泳げないんですよ。だから、「水ってどんなんだったっけ!?」みたいな感じで、なにせ久しぶりに水に浸かりました。

――飛び込む場所から水面までの高さはどれくらいだったんですか？

2メートルくらいですね。見ため的には全然余裕だろうと思えたんですけど、いざ飛び込んで潜ってみると自分が今どこにいるかがわかんなくて。目を開けても、ボヤッとしていてわからないし、浮かばないように重りもつけていたし、すごい恐怖で。

服のまま3回入ったんですけど、2回

「もし自分に
過去に戻してあげる能力を
与えられたら
やっぱり活かしていきたいかな」

目からは水に入るのにすごく時間がかかってしまって、ちょっと迷惑をかけてしまいました。溺れているふうに見えなければいいなと気がかりでしたけど、仕上がりを見たら、すてきな画にしてくださっていたので、ホッとしました。

——有村さんに、数と同じ人を過去に戻してあげられる能力があったとして、誰かに「戻りたいです」と頼まれたら、力を使いますか？

そうですね。せっかくそういう力を与えられているのであれば、やっぱり活かしていきたいかな。使わないと能力がもったいない気がしますし、過去の出来事を後悔している人たちがいて、タイムスリップすることでその人の未来がいい方向に変わるんだとしたら、やりがいのある役目だという気がします。

ただ、責任は重いですよね。だから、念には念を入れて「ルール」についてはよく言って聞かせると思います。

——逆にご自身が過去に戻れるとしたら、いつに戻りたいですか？　あるいは、未来に行ってみたいですか？

未来には行きたくないけど、戻れるんだったら、高校生に戻りたいですね。

私、高2のときに地元の高校から転校して東京に来たので。地元の友達と一緒に最後、卒業式を迎えたかったな。卒業アルバムにも一緒に載りたかったな、と。あと、もう一回あの青春を味わいたいですね。十分遊んだと思っていたけど、今考えたらそんなに遊んでないなと思って（笑）。

——足りませんでしたか？

はい。もっと思い出いっぱい作ればよかったって思っています。とにかく「女優になりたい、なりたい」っていう夢に一生懸命だったから、恋愛もしてなかったし、もっと青春を楽しんでおくべきでした。制服デートもしたことないんですよ。もったいないことしたなって（笑）。

数が平井に口紅を塗ってもらうシーン

やり直したいというよりは、もう一度、高校時代を味わいたい感じです。

——喫茶店フニクリフニクラは、数役の有村さんにとっては毎日を過ごす場でもあったと思うのですが、いかがでしたか？

本当に毎回どの現場に行っても思いますが、美術さんって本当に素晴らしいですよね。『コーヒーが冷めないうちに』で言えば、数の部屋もかわいくしてくださったり、フニクリフニクラの細部にも徹底的にこだわってくださったり。レトロチックなレジもよかったですし、絶対に本編には出てこないのにフニクリフニクラの判子やコーヒーチケットまで作ってありました。ここまで⁉ってくらい細かいところまで演出されていましたね。

——あんな喫茶店が近くにあったら、通いたくなりますね。

私、喫茶店、大好きだから、何度も通うと思います。

喫茶店には、仕事の合間にマネージャーさんと行くこともあれば、空いた時間にひとりで休憩しに行くこともありますね。ぼんやりしながら、ケータイをいじったり、お店にある雑誌を眺めたりとか。そういう時間がちょっと贅沢ですよね。

——家でもコーヒーを淹れますか？

淹れますよ。ただ、数みたいな本格的な淹れ方じゃなくて、ドリップコーヒーですけど。

——『コーヒーが冷めないうちに』の原作の印象はいかがでしたか？

キャラクターや展開が少し映画とは違いますが、一人ひとりのより細かな感情も描かれていますし、数という役を作っていくうえでたくさんのヒントをもらいました。ご夫婦の話にグッときてしまって、映像で観たいなと楽しみにしていました。

——読んだタイミングは映画への出演が決まってからですか？

そうですね。決まってからです。でも、ベストセラーとしてまわりで話題になっていたので、「あ、あれが映画になるんだ！」「えっ、私が出るんだ！」ってちょっと驚きました。

——そんな映画版をご覧になっての感想を聞かせてください。

客観的に観られているかわからないんですが……試写室で泣いている自分がいて。それは、松重豊さんと薬師丸ひろ子

「戻れるなら、高校生のころに戻ってみたいな」

制服デートもしたことなくて、
もったいないことしたなって（笑）

大切に思う人がいるなら、全力で愛情を注いでほしいです

さんの夫婦のところだったり、最後の親子の話のところだったり。泣いている自分に気づいて、びっくりしました。
　これが自己満足だったら嫌だなとも思ったんですけど、一緒に試写を観た人たちもけっこう鼻をすすっていて。石田ゆり子さんも終わった後、「泣いちゃった」と仰っていたし、出演者だから、作品に愛情があるからってこと以上に、どの人が観ても涙を誘うような作品になったのかなと思います。そういう映画に参加できたのは、素直に嬉しかったですね。

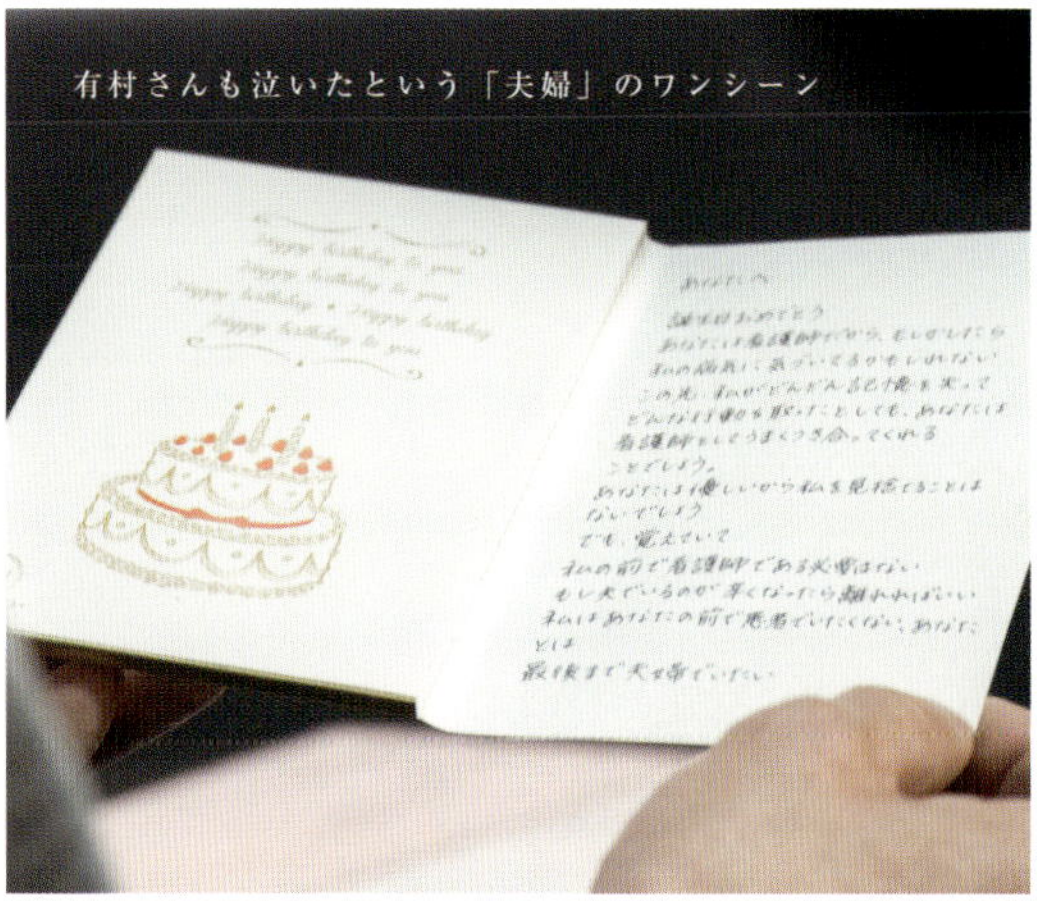
有村さんも泣いたという「夫婦」のワンシーン

——原作を読んで楽しみにされていた夫婦のシーンはいかがでしたか？

　原作から台本になったときもやっぱりステキでしたし、現場にいてお二人のお芝居を見て、本当にすばらしかったです。

——伊藤健太郎さんは「4回どころか、もっとたくさん泣いた」と感想を聞かせてくださったんですが……。

　そうですね。私もハンカチ持っていてよかったなって思いました（笑）。

——最後にこれから作品をご覧になる方にメッセージをいただけますか？

　これから観てくださる方も、観終わったよーという方も、この物語のように、今日これからの未来を思ってくれるとうれしいです。もし、後悔していることがあったとしても、これからの歩み方や考え方で過去の捉え方を変えることはできるから。自分が大切に思う人、自分を大切に思ってくれる人が近くにいるなら、全力で愛情を注いでほしいなと思います。後悔がないように。
　この作品には、いろんな世代の愛情が詰まっています。観終わった後はコーヒーを飲んで、ゆっくりとくつろぎながら振り返ってみてください。

スペシャルインタビュー 2

伊藤健太郎

新谷亮介

[プロフィール]

伊藤健太郎（いとう・けんたろう）

2017年、主演映画『デメキン』、NHK土曜時代ドラマ『アシガール』の若君・羽木九八郎忠清役などで一気にブレイク。2018年も、元日に放送された『相棒 season16 元日スペシャル』を皮切りに、WOWOW連続ドラマW『春が来た』、ニッポン放送オールナイトニッポン50周年記念公演『続・時をかける少女』、映画『犬猿』、『ルームロンダリング』、『コーヒーが冷めないうちに』、『ういらぶ。』などの人気作、話題作に次々出演するなど、目覚ましい活躍を見せる。

シャツ¥25,800／ベスト¥26,000／パンツ¥24,800／シューズ¥120000（全て税抜き） 全てBLACK SIGN
問い合わせ BLACK SIGN TOKYO ☎03-6427-2788

スタイリング／池田友紀（BeGlad）
ヘアメイク／伊藤ハジメ（Crollar）
写真／柳太

新谷亮介役ですばらしい演技を見せた伊藤健太郎さんの素顔に迫る！

——完成した『コーヒーが冷めないうちに』をご覧になって、どんな印象を受けましたか？

たぶん、試写室のなかで僕が一番先に泣いていたと思います。結局、最後までに5回くらいウルッときました。

映画のチラシのキャッチコピーには、「4回泣けます！」と書いてありますが、「4回どころじゃないんじゃないの？」と思いながら観ていました。

なかでも僕が一番ぐっときたのは、松重豊さんと薬師丸ひろ子さん演じる夫婦のシーン。

もうすごく切なくて、どちらの気持ちも伝わってきて、涙が溢れてきました。現在の2人と過去に戻ったときの2人のやりとりの差が、自然な夫婦の会話だからこそ、余計につらさが募ってきて。泣けるという意味では、最強のシーンでした。

「新谷はすごくまっすぐで、数ちゃんのことを好きになって一途に思い続けるんです」

もちろん、他にもそれぞれのストーリーのなかにまた違った泣くポイントがあって、試写室を出るときにはからっからになっていました。だから、コピーに偽りなしです。もし、偽りがあるとしたら、「4回」じゃないです。本当に。皆さんが観ている間どうだったか、ぜひ感想を聞かせてください。

——今回、演じられた新谷亮介は、原作には登場しないオリジナルキャラクターです。演じる上で難しさはありましたか？

大晦日の花火大会のシーン

難しさはあまりなくて、塚原監督と相談しながら作りあげていけて、のびのびやらせてもらいました。
　最初、新谷はフニクリフニクラで起きる出来事に対して、傍観者的な立場でいることが多いんです。例えば、波瑠さん演じる清川二美子が過去に戻る場面でも、ルールを知っているフニクリフニクラの人や常連客たちは冷静だけど、新谷は本気で驚いてスマホで撮り始めたりして。どこか物語を俯瞰で見ているようなところもあるんです。だから、映画館に来てくださるお客さんも、はじめは新谷に意識を寄せて観てもらうことで『コーヒーが冷めないうちに』の世界に入りやすくなるのかなって。そんなことは少し意識しながら演じていました。

——新谷と伊藤さんの間に共通点はありますか？

　基本、新谷は元気なキャラクターで、僕が地元の友達といるときの感じに似ています。仲間たちと一緒にいるときはムードメーカーというか、少しテンション高めで。
　一見チャラそうにも見えるけれど、新谷はすごくまっすぐで、数ちゃん（有村架純さん演じる時田数）のことを好きになってから一途に思い続けるんです。過去の失敗が忘れられずに、どこか自分の気持ちを抑え込んでいる数ちゃんをどうしたら幸せにできるか。どうしよう、どうしようって新谷なりにすごく考えていくんです。
　その新谷のまっすぐさが、この物語を動かしているところはあるんじゃないかな、と。僕はそう思っていますし、ときには空回りしてしまうこともある新谷のまっすぐさが好きです。

——新谷は、どのタイミングで数に好意を寄せるようになっていたんでしょうか？

　新谷がいつ数ちゃんを好きになったのか問題。これは難しいんですが、最初にフニクリフニクラでお釣りをもらったとき、「あれ、この人かわいい」って素直に思ったと思います。そこから気持ちが高まっていって、「好き」って感情がマックスになったのが、大晦日の花火大会のシーンです。

僕が新谷の立場でも、好きな子も呼んでみんなで花火大会を見るとなった時点で、絶対に「ここだ!」「自分の気持ちを伝えよう」「今日こそ、意思表示する」と考えるはずで。緊張のピークはあそこだったと思います。

演じながら考えていたのは、高校生、大学生のときって、初めて好きな人と気持ちが通じ合ったとき、ましてやチューをした後なんかは、どこかぎこちなくなるじゃないですか。

その後の間をどうしたらいいかわからなくて、お互いに手持ち無沙汰になる。そんなとき、新谷はどうするのかな?と思って、テーブルの上にあったカップラーメンを数ちゃんに「はい」って渡してみました。

どんな顔をしていいのかわからなくなっている新谷を出したいと思いました。

——印象に残っているセリフやシーンについて教えてください。

新谷のセリフのなかで一番好きだったのが、雪山のシーンで数ちゃんに伝えた「誰かを幸せにしたら、その幸せが自分にも返ってくるって言うよ」という言葉です。

僕自身、あの言葉はすごく胸に響きました。他の人からこんなふうに言ってもらえたら、がんばる力になるなって。まっすぐ数ちゃんを励ます新谷もいいヤツだし、撮影が雪山ですごく眩しかったことも合わせて、トータルで印象に残っています。

他にも、池の畔での早朝デートのシーンも良かったです。スタッフさんたちは深夜から準備されていて、僕らは4時過ぎに現場に入って、鳥が水辺で羽ばたく音が聞こえるくらい静かだったんですよ。

そんななかで新谷は数ちゃんと温かい飲み物を飲んで、手作りのサンドイッチを食べて、なんだかほっこりしました。あのシーン、こんなデート、なんかいいなぁって思っていました。

——あのシーンはほぼ伊藤さんと有村さんのアドリブだったと聞いていますが、入念に打ち合わせをされたんですか?

有村さんと「こうしよう、ああしよう」という話はあまりしませんでした。というか、全編を通して「こうしよう

雪山で新谷が数を励ますシーン

新谷が言ったセリフを
誰かに言ってもらえたら、
がんばれると思う

ね」と話し合うことは、お互いにあえてしなかった気がします。

というのも、数ちゃんはどちらかというと、1人でいることが多いタイプで、新谷は仲のいい友達とわいわいしているタイプじゃないですか。違う性格の2人が一緒に過ごし始めたら、ぶつかったり、食い違ったりする部分は出てくるんじゃないかと思うんです。

もし、僕と有村さんが事前に話し込んで、「ああやろう、こうやろう」と打ち合わせたら、新谷と数ちゃんが素直にかみ合っちゃう。それよりも、新谷のまっすぐさと数ちゃんの不器用さがぶつかって、それでもうまくかみ合っていく感じがいいのかなって。だから、演技について話すことはあまりしませんでした。

——新谷と猫のシーンもコミカルでステキでした。

あそこは印象に残っていますね。シーン的には僕が猫を「おいでおいで」と呼んだ後、話しかけたり、かわいがったりしていたら、たまたま数ちゃんに見られて、「あっ」となる。

塚原監督からは「赤ちゃんをあやすような感じで、他の人には見せたことのない、今までにない新谷を出す」と言われて、がんばってやりました。

普段も街で猫を見かけると近づいていって、なでたりしてかわいがっちゃいます。新谷みたいに「ね、ね、ね、ね」とまではやらないですけど（笑）。そんなわけで猫はけっこう好きなので、あのシーンは思い出に残っています。

——伊藤さんは日頃、コーヒーを飲みますか？

コーヒーも喫茶店も好きです！　特にフニクリフニクラみたいな昔ながらの喫茶店が。撮影で地方に行くと、そういうお店を探してはナポリタンとか、ピザトーストとか、いわゆる喫茶店っぽいメニューを食べています。あと、ちょっと甘

「僕も普段、街で猫を見かけるとなでたりしてかわいがっちゃいます」

新谷と猫のシーン

めのアイスミルクも大好きです。

それで、食べ終わったら何も考えずにボーッとしたり、音楽を聴いたり、スマホで映画を観たり……けっこう長く過ごしています。ただ、これがおしゃれなカフェだと、1人でいられないんですよ。そわそわしちゃって。その点、喫茶店は、おばあちゃん家に帰ったような気分になってリラックスできるんですよね。

――もし、劇中のように過去に戻ることができるとしたら、いつ、どんな場面に戻ってみたいですか？

うーん……僕、後悔しないんです。だから、戻りたいほど後悔している場面もないかも。そういう意味では新谷と似ているかもしれないですね。過去に戻るのはリスクが伴いますが、それに見合うほどの後悔がないです。

――では、過去に戻って会いたい人はいますか？

それは、祖父です。僕が生まれてちょっとしたら亡くなってしまったので。家族からは似ていると言われるんですよ。好きな食べ物とか、車に興味があるところとか。顔もちょっと似ているみたいだし、祖父はいったいどんな人だったんだろう？　って気になっているんです。

だから、過去に戻って祖父に会えるなら、ちょっと会ってみたいな。だけど、ゆっくり話したいというよりは、こっそり様子を覗いていたいという感じです。

やっぱり過去に戻って、その時代に関わるのは少し怖いというか、離れたところで眺めていたいという気持ちが強いですね。

――最後にこれから作品をご覧になる方、そして一度、観終わった方にメッセージをいただけますか？

この映画は、観ていると「大切な人に会いに行きたいな」とか、「これからも後悔がないように生きていきたいな」と思える作品です。だから、皆さんがどの登場人物、どのストーリーに思いを寄せられたのか興味があります。そこにその人の年齢や今の思いが重なってくるような気がするので。

もし、今までの人生を振り返って、自分のなかでちょっと後悔している出来事や大切な人に会いたいけれど、会いに行けずにいる事情があるなら、この映画を勇気の糧にして、観終わった後に連絡してみてください。

それからエンドロール。すごく楽しい仕掛けになっているので、最後まで席を立たないで見届けて欲しいです。

「この映画を勇気の糧にして、
会いたい人に
連絡してみてください」

スペシャルインタビュー 3 謎の女

石田ゆり子

「謎の女」役で
存在感のある演技を見せた、
石田ゆり子さんにお話を聞きました。

――セリフの少ない「謎の女」役は、どんなことを大事にされながら演じましたか？

喫茶店の同じ席に、同じ服を着て毎日いるという設定自体が「謎」だったので、自分から謎を表現する必要はありませんでした。照明さんに光を当てていただいていましたが、気持ち的にはセットの一部になっている感じでした（笑）。セリフが少ないからといって楽なわけじゃない。セリフがあることのありがたさを初めて知りましたね。前半は、ひたすら『無』になって、演じていました。

――お気に入りのシーンはありますか？

薬師丸ひろ子さんと松重豊さんが演じられた、高竹さんと房木さんご夫婦のエピソードがすごく好きでした。最後の、泣きながら、笑いながら言葉を掛け合うシーンは、本当にすばらしくて、胸が熱くなりました。

――塚原あゆ子監督とは2013年のドラマ『夜行観覧車』以来、2度目のタッグを組まれていますね。

塚原監督の演出は大好きなんです。指示に曖昧なところがなく、本当に男前。役者の生理に合わないことは決してさせないし、今回も最後のセリフは、その役の気持ちになって言ってみてくださいと、言葉選びも私にゆだねてくださいました。役者に考えさせる課題をくださり、そこから生まれてくるものを愛情深く待ってくださる。塚原さんに鍛えられることは、財産になります。若い俳優さんなんて、とくにそうでしょうね。また、塚原さんは、編集や映像のセンスもすばらしいです。今回も冒頭のシーンや過去に戻るときの水を使った演出など、本当に美しくてしびれました。

――コーヒーはお好きですか？

好きです。毎朝、コーヒーを入れるのが儀式のようになっていますし、アイスコーヒーは一年中飲んでいます。キンキンに冷えたコーヒーを、時間をかけてちびちび飲むのが好きなんです。『コーヒ

［プロフィール］

石田ゆり子（いしだ・ゆりこ）

1969年生まれ。1988年NHKドラマ『海の群星』でデビュー。

以後、映画、ドラマ、舞台、執筆活動など多岐にわたり活躍。

映画『北の零年』で、第29回 日本アカデミー賞 優秀助演女優賞を受賞。

来年公開予定の映画『記憶にございません！』『マチネの終わりに』への出演が決定している。

ーがぬるくならないうちに』というタイトルにできるくらい（笑）。現場には、コーヒーを淹れるプロの方が指導にいらしていたので、撮影中は毎シーン、おいしいコーヒーをいただきました。ただ、過去から戻る場面では、冷めないうちに飲み干さなければいけないルールがあるので、大量のコーヒーを大急ぎで飲まなければいけない。泣いたり叫んだりしながらのコーヒーの一気飲みって、いま冷静に考えるとみなさん、大変な作業だったんじゃないでしょうか（笑）

――共演者の方々と、撮影現場ではどんなふうにすごされましたか？

今回共演させていただいた方々は、みなさん大人でしたので、待ち時間もそっと静かにしていましたね。有村架純さんも、役の気持ちでそっと過ごされていたようでした。有村さんが演じた時田数ちゃんは、使命を負った人ならではの、静かな迫力がありました。

――大ヒットした小説の映画化ということで何か心がけたことはありますか？

原作のあるものの映画化の場合、原作ファンの方も大勢いらっしゃいますし、小説をなぞろうとするとどうしてもおかしなことになってしまいます。原作のニュアンスや世界観を変えずに、でも、映画は別のものという意識で毎回私は演じています。『コーヒーが冷めないうちに』は、よくこんなストーリーを思いつかれたなとまず思いました。過去に戻るためにいくつものルールを課している。この、『条件を満たさないと戻れない』というところが、ゲーム感覚もあり、人を惹きつけるのだろうなと思いました。

――「4回泣けます」と謳われた本作、石田さんは泣いたのでしょうか？

泣きましたよ。でも、泣いた回数は、数えていないので覚えていません（笑）

――もしも、過去に戻れることができるとしたら、いつに戻りたいですか？

そうですね……。過去に戻って何かをやり直したいという気持ちはないんです。あえて選ぶなら、水泳選手だった子供時代でしょうか。9歳から17歳まで、学校から帰ると毎日プールに行き、5～10キロ泳いでいました。それはそれはハードで、『陸にあがりたい』と思うくらいで

「会いたい人には会えるうちに会って、ちゃんと言葉で想いを伝えないといけないですね」

したが（笑）、あのときに宝物のような仲間に出会い、人生のほとんどのことを学びました。あの、仲間たちと過ごした豊かな時間をもう一度体験してみたいと思います。

——水泳時代があったから、その後の困難も乗り越えられると、石田さんはしばしばおっしゃっていますね。

あのときに『やればできる』という自信をつけました。役者の仕事もハードなことは多々ありますが、当時の水泳以上に辛いことはありません（笑）。命からがら、ギリギリの状態を体験すると、8～9歳でも、人は大人になるんです。タイムや勝ち負けに関係なく、頑張った相手を褒め称えることができる。人との勝負よりも、弱い自分に負けない精神を養われました。いまの私のベースは、間違いなくあの時期に培われました。

——では、過去に戻って、会いたい人はいますか？

もう、現世では会えなくなってしまった人たちでしょうか。他界した祖母や叔父、デビュー当時、様々なことを教えてくださった恩師の緒形拳さんなど、会いたい人はたくさんいますが、一人選ぶとしたら、若くして亡くなった水泳時代の友人に会いたいです。彼は病気で41歳で逝ってしまいました。会いたい人には会えるうちに会って、ちゃんと言葉で想いを伝えないといけないと、この作品に関わって改めて思いました。

構成／黒瀬朋子

ストーリー

時田数（有村架純）が、いとこで店主の時田流（深水元基）と切り盛りする、とある町のとある喫茶店「フニクリフニクラ」。

「ここに来れば、過去に戻れるって、ほんとうですか?」

今日も、不思議な噂を聞いた客がこの店を訪れる。


アメリカに行ってしまった幼なじみの賀田多五郎（林遣都）と喧嘩別れをしてしまった、三十路直前の独身キャリアウーマンの清川二美子（波瑠）。

若年性アルツハイマーに冒された妻・高竹佳代（薬師丸ひろ子）と、そんな高竹を優しく見守る夫・房木康徳（松重豊）。

故郷に妹（松本若菜）を置いて家出し、1人スナックを営む常連客の平井八絵子（吉田羊）。数に次第に惹かれていく常連客の大学生・新谷亮介（伊藤健太郎）。

過去に戻れるという「ある席」にいつも座っている謎の女（石田ゆり子）……。


どんなことをしても、現実は決して変わらない。

それでも過去に戻り、会いたかった人との再会を望む客たち。

そこで彼らを待っていたものとは?

そして、主人公・時田数に隠された真実とは……?

——1杯のコーヒーが冷めるまでの、ほんの短い時間でも、
人生は変わる——

喫茶
フニクリフニクラ

謎の女（石田ゆり子）

清川二美子（波瑠）

時田数（有村架純）
過去に行くためのコーヒーを淹れてくれる店員

好意

いとこ

幼なじみ

新谷亮介（伊藤健太郎）

時田流（深水元基）

賀田多五郎（林遣都）

高竹佳代（薬師丸ひろ子）

夫婦

房木康徳（松重豊）

平井八絵子（吉田羊）

姉妹

平井久美（松本若菜）

出演者インタビュー

別れた恋人に会いに行く女

清川二美子

賀田多五郎

私を1週間前に戻してください

コーヒーを飲み干さなければ、
今度はあなたが幽霊になって、
ここに座り続けることになります

本当に、
起こってしまったことは
変わらないの？
……じゃあ、これからの、
未来のことは？

清川二美子

波瑠（はる）

［プロフィール］
2006年、WOWOW『対岸の彼女』で女優デビュー。
2015年、ヒロインの白岡あさ役を演じたNHK連続テレビ小説『あさが来た』が大ヒットした。
その後も数々のドラマ、映画に出演している。

Personal Data

名　前	清《きよ》川《かわ》二《ふ》美《み》子《こ》		
住　居	1LDK（家賃10万円）	家族構成	父、母、妹、弟
職　業	医療系大手IT企業　営業職	特　技	6か国語話せる

略　歴	
1990年	出生
1994年	幼稚園で五郎と出会う
2008年	有名私立大学に入学　五郎と離ればなれになる
2012年	IT系企業に入社
2018年	五郎にアメリカ行きを告げられあせる

Q1　清川二美子役について、実際に演じられてみていかがでしたか？

『コーヒーが冷めないうちに』は、有村さん演じる数ちゃんが真ん中にいて、いろんな人の現在と過去の時間を眺めていくのですが、そのなかで二美子は一番関係が浅く、ふらっとやってきて、過去に戻してもらうんです。だからこそ、数ちゃんにとって二美子が新しい発見と存在になれたらいいなと思って、演じていました。

Q2　演じていて、難しかったところはありますか？

やっぱり会話です。出演シーン自体はさほど多くなかったのですが、とにかくセリフの掛け合いが続いたので難しかったです。二美子は林遣都くん演じる五郎とも、吉田羊さん演じる平井さんとも、ぽんぽんしゃべるんです。

しかも、台本にはないアドリブでのやりとりもあって、そこは難しかったです。

Q3　共演者の方とのエピソードをお聞かせください。

恋人役の林遣都さんとは、これまでも何度か映画やドラマで、ご一緒しています。最初にお会いしたのは、私がまだ14、15歳のときで、当時出演した映画の主演が林さんでした。もう初めて会ったときから10年以上経っていて、今回は役柄的に幼馴染という関係でもあり、すごく安心感がありました。

Q4　最後に、映画のように過去に戻れるとしたら、どんな場面に行ってみたいですか？

行きたいところかぁ……。少し前にちょっとだけ贅沢をしようと思って、いつもは手を出さないような高級なタマゴを買ったんですが、その後に忙しい日が続いて、使いきれなかったんです。

できることなら、そのタマゴの賞味期限の前に戻りたい。全部使い切って、おいしく食べたいです。

賀田多五郎

林遣都（はやし・けんと）

［プロフィール］
1990年12月6日生まれ。滋賀県出身。2007年『バッテリー』（主演）でデビュー。
デビュー作にして初主演をつとめた同作品で、第31回日本アカデミー賞新人俳優賞、第81回キネマ旬報ベスト・テン新人男優賞などを受賞。
主な映画出演作に『パレード』『悪の教典』『荒川アンダーザブリッジ』『しゃぼん玉』『チェリーボーイズ』、2018年には『ギャングース』（11/23公開予定）などがある。

Personal Data

名前　賀田多五郎《かただごろう》

年齢	28歳	家族構成	父、母、姉
職業	システムエンジニア	夢	アメリカで働く

略歴

1990年	出生
1994年	幼稚園入園、二美子と出会う
2008年	得意の理系科目を活かして私立大学に入学　二美子は別の大学へ
2012年	医療系企業にシステムエンジニアとして入社
2018年	二美子にアメリカ転勤を告げ、渡米

Q1　撮影を終えた感想を聞かせてください。

あっという間だったというのが印象です。昔から何度も共演している波瑠さんとのシーンを1日で撮っていたんですけど、塚原監督が大事に時間をかけて向き合ってくださって。ワンシーン、ワンカットを大切にする思いの伝わる現場でした。あと、フニクリフニクラのセットもすごいんですよ。風情があって素敵な喫茶店でした。

Q2　塚原監督の印象をお聞かせください。

衣装合わせのときから五郎という人間を掘り下げていろいろと話してくださって、役に対するイメージがぐっと広がりました。とても現場に入りやすかったです。

撮影中は丁寧な演出で、本当に大事に芝居を見てくださいました。今回の撮影は数日だけの参加だったんですけど、またゆっくりご一緒したいなと思いました。

Q3　五郎から見た、二美子との関係は？

物語では、二美子が五郎に「好き」という思いを伝えられずに別れてしまった後悔をなんとかしようと過去に戻るんです。

だけど、実際に波瑠さんとの掛け合いをしてみて、五郎の方が二美子のことをずっと思いつづけてきたんだなと感じました。言い出せなかったのは二美子ではなく、五郎だったんじゃないかなって。

Q4　もし、フニクリフニクラでコーヒーを飲んで、過去に戻るとしたら？

子供の頃に戻ってゆっくり、おばあちゃん、おじいちゃんと話をしてみたいです。

できれば精神は大人のままで。2人に「これまでどんな生き方をしてきたの？」とか、じっくり聞いてみたいなと思いました。

認知症の妻に会いに行く夫

房木康徳

高竹佳代

大丈夫だよ、
きみは三年後もしっかりやれてる、
それを言いに来た

私、あなたのことも
忘れちゃうの？

あなたとは、
最後まで夫婦でいたい

高竹佳代

薬師丸ひろ子（やくしまる・ひろこ）

［プロフィール］
東京都出身。女優、歌手。1978年に女優デビュー。
映画の主演と主題歌の歌唱により『探偵物語』『Woman“Wの悲劇”より』など数々のヒットを記録。
2000年代に入り、映画『木更津キャッツアイ』『ALWAYS三丁目の夕日』、ドラマ『あまちゃん』などを通じて、
日本を代表する女優として高い評価を得ている。

Personal Data

名　前	高《こう》竹《たけ》佳《か》代《よ》		
年　齢	46歳	家族構成	夫・房木
職　業	元ツアーガイド	以前の特技	人の名前と顔を覚える

略　歴

1972年	出生
1990年	高校を卒業し、ツアーガイドとして働きはじめる
1996年	結婚　プロポーズは房木から
1999年	25年ローンで一戸建てを購入
2015年	若年性アルツハイマー病と診断される
2016年	病気の進行によりツアーガイドを退職
2018年	フニクリフニクラに毎日通っている。房木のことは担当の看護師だと思っている

Q1　撮影を終えての感想をお聞かせください。

以前、ドラマでご一緒させていただいた塚原あゆ子監督の初映画作品に参加できたことが、とてもうれしかったです。

旦那さん役の松重さんとは撮影の合間も趣味の話など共通項を見つけて楽しくお話をさせていただきました。

Q2　記憶を失っていく高竹佳代という役柄はいかがでしたか？

台本を読んだときから、旦那さんとの夫婦関係がとても素敵だなと思って、何度も涙がこぼれました。記憶を失っていくということについては監督ともかなり深く掘り下げて話し合いました。演じてるうえで一番重い場面というか、秘めていた思いを吐露するシーンでは本当に、本当に本当に切なくなりました。

Q3　塚原監督の演出はいかがでしたか？

非常によく俳優の意見に耳を傾けてくださる方です。

例えば、「認知症で記憶を失う過程で時間の概念も消えて不安になるのでは？」と、小道具としてデジタル時計をテーブルの上に置くことを提案したら、「やってみましょう」と受け入れる一方で、監督からも素敵な、成る程とうなずくアイデアも頂き、一緒に作っていくという気持ちにさせて下さるすばらしい監督だと思います。

Q4　もしフニクリフニクラでコーヒーを飲み、過去に戻るとしたら？

この作品に触れるまで、あんまり考えてみたことがなかったですね。基本的に私は「過去に戻りたい」と思ったことがなくて……。なんでしょうか。あの日に置いてきたものをみつけに行きたい。探しに行きたい。そんなステキな何かがあるといいんですけど、思い浮かばないということは、過去には戻らなくてもいいのかもしれないですね。

過去の嬉しかった事や苦い思い出、何でも無い毎日、そんなかけらが繋がって今がある、そして今を生きていく。見てみたいのは未来の、過去に繋がる自分です。

房木康徳

松重豊（まつしげ・ゆたか）

［プロフィール］
1963年1月19日生まれ、福岡県出身。
蜷川スタジオを経て、映画、ドラマ、舞台と幅広く活躍。
近年の映画出演作として、『アウトレイジ最終章』『検察側の罪人』などがある。

Personal Data

名　前	房木康徳《ふさぎやすのり》		
年　齢	52歳	家族構成	妻・佳代（高竹）
職　業	総合病院勤務　看護師	気になること	糖分のとりすぎ

略　歴

1966年	出生
1988年	公立大学薬学部を卒業　製薬会社の営業として働きはじめる
1996年	妻・佳代と結婚　プロポーズは外堀を埋められた房木から
1999年	33歳で、妻の後押しを受け、製薬会社を退職
	准看護学校に通いながら看護助手として働く
2004年	38歳で看護師になる
2015年	妻の認知症に気づき、看護師として寄り添いはじめる

Q1　撮影を終えた感想をお聞かせください。

いくつかのエピソードが折り重なるこの映画のなかで、僕と薬師丸ひろ子さんの演じる夫婦の話は重たいんですよね。

若年性の認知症に苦しんでいらっしゃる方に寄り添うのは、なかなか貴重な体験でしたし、そんな境遇にあっても強く生きなくちゃいけないのかな、と。そういう思いを終始抱きながらの撮影でした。

Q2　薬師丸ひろ子さんと夫婦役を演じる上で意識されたことは？

僕は昔から薬師丸さんのファンでしたから。その薬師丸さんと夫婦を演じるということの喜びもあり、しかし、奥さんがだんだん自分のことを忘れていってしまうという房木の悲しみがあり……。なんと言うんでしょう。薬師丸さんが醸し出す空気のなかで、失われてしまった記憶とともに変化していく夫婦を自然に演じられた気がしました。

Q3　塚原監督の印象をお聞かせください。

塚原さんとは本当に古い、古いお付き合いで。テレビから映画に来ると気負われる方もいるんですが、塚原さんに関してはまったくそういう気配もなく（笑）。いわゆる映画界の大御所のスタッフを軽やかに動かし、監督の撮りたい画を形にされていました。

今、日本にこれだけの演出力をもった監督はなかなかいないんじゃないかな、と思います。

Q4　フニクリフニクラでコーヒーを飲み、過去に戻るとしたら？

現在が変わらないんだったら戻らなくていいです（笑）。まあ、後悔していない出来事がないかと言えば、そんなわけもないんですけど、もう戻ってまで何かをしなくてもいいかな、と。過去は過去で置いてきちゃっているんで。どんどん忘れていくことの方が僕は大事かなと思っています。だから、あそこの席には座らなくていいです。

事故で亡くなった妹に会いに行く姉

平井八絵子　平井久美

あの日に戻らせて

わたし、
あんたに、生きててほしい

夢だったんだから。
お姉ちゃんと一緒に旅館やるの

やっぱり一度起こったことは
変わんないんだ——
どうやったって変わんないんだね

平井八絵子

吉田羊（よしだ・よう）

［プロフィール］
2月3日生まれ、福岡県出身。O型。10年間舞台で活躍後、数々の映画、ドラマに出演。
2014年7月、ドラマ『HERO』で、クールな女性検事を演じ注目を集める。
2016年、映画『ビリギャル』で第39回 日本アカデミー賞優秀助演女優賞受賞。

Personal Data

名前	平井八絵子《ひらいやえこ》		
年齢	33歳	家族構成	父、母、妹（久美）
職業	スナック・オーナーママ	出身	宮城県仙台市

略歴

1985年	出生
2003年	私立の女子校を卒業。実家旅館にて仲居として働き始める
2005年	実家を飛び出し、スナックのチーママになる
2006年	同店にて雇われママとなる
2011年	26歳にて自分の店「スナック・アリゾナ」を開店

Q1　撮影を終えた感想をお聞かせください。

少ない日数ではあったんですが、監督の繊細かつ丁寧で愛に溢れたディレクションによって、本当に安心して平井八絵子の人生を生きることができました。妹役の松本若菜さんは、あんなに美人さんなのに三枚目なんですよね。しかも、すごくまっすぐで純粋で、本当に私のイメージする久美ちゃんそのものでいて下さったので、楽をさせてもらいました。

Q2　『ビリギャル』以来の共演となった有村架純さんの印象は？

『ビリギャル』という映画はたくさんの方に愛していただいた作品だったので、私が次に架純ちゃんとお芝居をできるのはもっと先かな……と思っていました。それがこんなに早く叶ってうれしかったです。そして、『ビリギャル』から今回までの間に、架純ちゃんが経てきたであろういろいろな経験値が垣間見えて、ますますどっしりと安定感のある女優さんになったんだなと思いました。

Q3　塚原監督の印象は？

一人一人のキャラクターに深い愛情を注ぐ方でした。お芝居の直しをするとき、モニター前からばーっと走ってきて、「平井さん、素敵です」と1回誉めて、そのうえで「そこに何々をプラスしてください、もう少しその表情が見たいです！」と演出されていくんですよ。とてもやりやすい監督さんだなと思いました。

Q4　もし、過去に戻れるとしたら？

去年の4月8日に戻りたいです。じつは4月10日に大切な家族を亡くしまして。その2日前に最後にきちんと話をしたものですから。あのときに戻って、その人の元に駆けつけてあげられたら良かったなという心残りがあるので、それが叶ったらいいなと思います。

それこそ平井さんのセリフじゃないですけど、未来は変えられないとしても最後に一目だけでも家族に会えるのであれば、あのコーヒーを飲みたいなと思います。

平井久美

愛読者はがき

1 お買い求めいただいた本の名。

2 本書をお読みになった感想。

3 お買い求めになった書店名。

市・区・郡　　　　町・村　　　　書店

4 本書をお買い求めになった動機は?

・書店で見て　　・人にすすめられて
・新聞広告を見て（朝日・読売・毎日・日経・その他＝　　　）
・雑誌広告を見て（掲載誌＝　　　）
・その他（　　　）

ご購読ありがとうございます。今後の出版物の参考とさせていただきますので、上記のアンケートにお答えください。**抽選で毎月10名の方に図書カード（1000円分）をお送りします。**なお、ご記入いただいた個人情報以外のデータは編集資料の他、広告に使用させていただく場合がございます。

5 下記、ご記入お願いします。

ご職業	1 会社員（業種　　）	2 自営業（業種　　）
	3 公務員（職種　　）	4 学生（中・高・高専・大・専門・院）
	5 主婦	6 その他（　　）
性別	男・女	年齢　　歳

ホームページ　http://www.sunmark.co.jp　ご協力ありがとうございました。

Personal Data

父、母、姉（八絵子）

姉と一緒に旅館を経営する

仲居となる

姉に会いたいが、邪魔をし……と思い、

姉の店には行かずにフニクリフニクラなどで頻繁に待ち伏せする

2018年　交通事故に遭う

Q1　今回演じた平井久美役について、いかがでしたでしょうか？

私、姉が2人いて、末っ子なんですよ。だから、久美が八絵子に甘えている感じとかは、ちょっと普段の自分に似ている部分があったかもしれません。吉田羊さんみたいなお姉ちゃんが本当にいたら、最高ですよね。最終日はさびしくなってしまって、羊さんの顔を見て泣いちゃいました。恥ずかしかったですけど、それくらい姉妹愛が生まれていたんじゃないかなと思っています。

Q2　撮影中、印象的だった出来事を教えてください。

2つあります。1つ目は、石田ゆり子さんがきれいすぎて、ぶっ倒れそうになりました。ちょっとすれ違うシーンがあったんですけど、本当にドキドキしちゃいました。憧れます。

2つ目は、34歳にしてセーラー服を着させていただいたことです。

ネットが荒れるんじゃないかって心配です……。でも、気持ちはぴちぴちの15歳でやりきりました。

Q3　塚原監督の演出はいかがでしたか？

監督は的確に、明確に、きっぱりさっぱりされた気持ちのいい方で。撮りたい画を言葉にして説明してくださるので、わかりやすかったです。

あと、映画の現場ではめずらしい割本（その日に撮るシーンの抜粋版）が用意してあるんですね。台本とは少しずつ内容が変わっていて、そこに塚原節がちりばめられているんです。現場に来るたび、それを見るのが楽しみでした。

Q4　もしフニクリフニクラでコーヒーを飲み、過去に戻るとしたら？

私の今のこの姿のまま戻れるんですよね？　そしたら、赤ちゃんのときに戻りたい。私、3人姉妹の末っ子で、お姉ちゃんたち2人の写真すごくいっぱいあるんですけど、私の写真、全然ないんですよ。

だから、両親に他人のふりして「この子かわいいですねー。写真いっぱい撮った方が良いですよー」と言いたいです。

時田流

深水元基（ふかみ・もとき）

［プロフィール］
1980年1月20日生まれ。学生時代からファッションモデルとして活動し、2000年にTVドラマデビューを果たす。
映画『クローズZERO』シリーズ、『新宿スワン』シリーズなどで人気を博し、
TVドラマでもNHK大河ドラマ『真田丸』、『ウルトラマンR/B（ループ）』などに多数出演。

Personal Data

名　前	時《とき》田《た》流《ながれ》		
年　齢	34歳	家族構成	父、母
職　業	喫茶店マスター	特　技	料理

略　歴

1984年	出生
2002年	高校を卒業し、フニクリフニクラで働きだす
2012年	父からフニクリフニクラのマスターを受け継ぐ

Q1 撮影を終えての感想をお聞かせください。

率直な感想は、もうフニクリフニクラにもういけないんだ、と。さみしいですね。撮影の9割5分がお店の中でしたから。撮影の9割5分がお店の中でしたから。あそこで料理してコーヒー淹れて、いろんなお客さんが来て……というリズムにすっかり馴染み、本当に流のような気持ちになってきていたので。今後、何かあったら喫茶店のマスターになりたいと真剣に考え始めているくらいです。

Q2 時田流役を演じる上で意識されたことは?

監督とも話して、明るくその場を盛り上げる存在でいることを意識しました。難しかったのは、料理したり、コーヒーを淹れたりしながら、全体のお芝居を通すこと。本当に2つのことを同時にするのに慣れなくて、調理中に自分のセリフがとんでしまうこともあって、〝自然〟に振る舞うって難しいんだなと。改めて勉強になりました。

Q3 塚原組の全体的な印象を聞かせてください。

現場がものすごく明るいんですよ。なんでかと思ったら、監督がもう本当に朝から夜まで同じテンションで元気。本当にパワフルで、僕らに対してもすごく親切に演出してくださるし、他の部署の方にもものすごくていねいに接していて、素敵な方だな、と。塚原監督だからこの現場の雰囲気があるんだなと思いました。

Q4 もしフニクリフニクラで過去に戻れるとしたら?

流として答えてもいいですか?

流は、たぶん平井さんのことがすごく気になっていたと思うんですよ。でも、実家の仙台の温泉を継ぐことに決め、帰ってしまう。そこで、すごいさみしさを感じて、〝もう一歩踏み込んでいたら、平井さんとなにかあったんじゃねーか〟と妄想しているんじゃないかと思うんです。

だから、平井さんが仙台に帰る前に戻って、デートを申し込みたいと思います。

撮影日記&メイキングフォト

ここでしか見られない、現場のあれこれや制作の裏側を大公開！

3月10日（土）

@ 東宝スタジオ6st

映画『コーヒーが冷めないうちに』、ついにクランクイン！

初日は、有村さん、薬師丸さん、松重さん、深水さんが参加。

有村さんは、フニクリフニクラのロゴが入った水色のエプロンはとても似合っていて、それでいて役に対する集中度が非常に高いのを感じさせてくれ、時田数をこれからどのように演じていかれるか、とても楽しみになりました。

出演者やこの映画の関係者の皆様からの様々な差し入れに囲まれ、幸先の良いスタートを感じました。特に、原作者の川口先生からはパッケージに原作本のイラストが印刷され、祝クランクイン、撮影現場の無事故を願って、というメッセージも付いたカステラに、多くのスタッフが癒されていました。

3月11日（日）

@ 東宝スタジオ6st

撮影2日目、初日よりも天気が良くなり、気温も少しずつ上がってきました。

午前中は昨日の続きで、数が房木にコーヒーを注いで、房木が過去へ行くシーンです。このシーンの松重さんの演技には、とても胸を打たれるはずです！

塚原監督自身も、リハーサル、テスト、本番それぞれで、お二人の演技を見ながら目を赤くしていました。

撮影の合間には、有村さんが美術部の制作したフニクリフニクラのスタンプを発見し、メモ帳に押していたのに女性スタッフたちがすかさず反応し、私の台本にも押して、架純ちゃんのプレミア付き、と喜んでいました。

3月16日（金）

@ 横浜

この映画の初のロケ日です。

五郎と二美子がニューヨークで引っ越し業者と家具を新居に運び込んでいるシーンですが、業者役のお二人は外国人の方で外国の方特有の明るい雰囲気で、林さんもノリノリで演じ出し、現場がスタジオとは違う開放的な空気に包まれました。

3月18日（日）

@ 新潟県魚沼市・浅草山荘

ロケ二日目、新潟県魚沼市で、雪山に撮影に来た二人のシーンです。

写真を撮るシーンでは実際にお二人がカメラで撮影し、それを見せあって笑いあったり、伊藤さんがスチールカメラマンからプロっぽいセリフを教えてもらって有村さんを笑わせたりするなど、とても温かい雰囲気の中、撮影が進みました。

3月19日（月）

@ 葛飾区水元公園

新谷と数が日の出の写真を一緒に撮りに行く、というシーンです。

日の出の撮影は時間との闘いで、撮影部、照明部の腕の見せ所です。

スタッフたちは緊張の糸をピンと張らせながら撮影に臨んでいました。

3月20日（火）

@ 木更津

今日は、木更津からロケがスタート。

朝から雨模様で、現場ではなぜか伊藤さんが雨男なのではないか、という噂が出て、伊藤さんがいじられていました。

3月22日（木）

@ 武蔵境徳洲会病院〜藤が丘〜西大井

ビルの屋上で数と新谷が新谷の同級生たちと年越しを迎えるシーンです。

みなで新年へのカウントダウンをし、遠くに花火が上がります。その隙に新谷が数にキスをし、二人の距離がぐっと縮まるシーンです。有村さんと健太郎くんはこのシーンの撮影中は言葉を交わすことは少なく、それぞれがしっかりと気持ちを作っていたという印象でした。

3月26日（月）

@ 箱根龍宮殿

箱根の龍宮殿で、S95、仙台の老舗旅館の平井のシーン。吉田さんは和装がとても良くお似合いになり、立ち居振る舞いやしゃべり方も含めて監督が「女将さんっぽい〜！」と声を上げるほどはまっていました。

3月27日（火）

@ 横浜美術大学

今日は一日中、横浜美術大学をお借りして新谷の学生生活を描くシーンが続きます。学園祭が大盛り上がりの中、数が一人で不安そうに歩きます。この学園祭を再現するために総勢264人のエキストラの方々が参加してくださり、美術や装飾の作り込みにはスタッフが応援を呼んで2日、実際の飾り込みは一晩かけて準備していました。

3月29日（木）

@ 東宝スタジオ6st

この日はスタジオ。五郎と二美子がフニクリフニクラで喧嘩別れしてしまうシーンです。林遣都さんはカフェの出来に驚いていました。林遣都さんはすぐにトップスピードまでギアを入れられる役者さんで、波瑠さんも塚原監督のコメディ演出ですごく良いキャラになり、すぐに演技合戦になっていました。特に林遣都さんの相手の揚げ足をとって挑発する演技には監督も思わず、腹立つ〜！と笑っていました。

4月2日（月）

@ 東宝スタジオ6st

平井が過去に戻るシーン。平井がゴーグルと耳栓を用意しているのも、監督が吉田さんや小道具部と話しながら現場で思いついたアクションでした。

リハーサルで吉田さんがゴーグルと耳栓をしているのを見て、大声で話そうとした有村さんが笑いだしてしまうという瞬間があり、現場はとてもほっこりしていました。

4月4日（水）

@ 東宝スタジオ6st

今日は、水槽での撮影日。

まずある程度温度の高い水を水槽に満たすところから始まり、照明部が水中の光線を作り、演出部は水槽の壁についた泡や水中のゴミを常に除きながら光線のために水をかき混ぜ、美術部は泡を発生させる機械で泡の気持ちになってテストをくり返し、いよいよ有村さんの撮影へ。

有村さんにはもちろん事前に水中に入ってもらうことはお伝えしていましたが、当日、「実は水が苦手なんです」とおっしゃっていたので、とても心配しながら撮影が始まりましたが、実際に水に入ると、真剣な表情になっていました。

続いて吉田さん。有村さんの撮影をのぞいていて、ご自分の番が来るまでもずっと水槽を見ていました。数、平井ともに水中に入ると浮き上がってきてしまう衣裳のため、衣裳の宮本さんが特注で衣裳を用意しての撮影でした。うまく沈むために重りを調節しながら、淡々と水に潜っていく吉田さんは、潜り姿がとても美しかったです。

続いて、二美子。波瑠さんは水が得意らしく、現場も慣れてきて、和やかに進んでいきました。監督とモニターを見ながら、その映像の美しさに興奮していました。

そして最後に松重さん。身長が高く、水しぶきでカメラも濡れてしまうため、照明部の渡邊さんが機材で水除けを作っていました。

4月9日（月）

@ 横浜桜木町

今日で有村さんと伊藤さんは、オールアップ。監督と固い握手を交わし、途中、僕が雨男のせいで波瑠さんの撮影が延びてしまいすみませんでしたと笑いをとっていました。

有村さんは、監督とハグをして、毎日勉強になって楽しかったです、現場に入る前からワクワクしていましたが、完成を今からとても楽しみにしています、とコメントを残しました。監督も思わず、しょんぼり、さびしい、と言っていました。

4月11日（水）

@ 横浜パウズクラブ

今日は最終日。カメラマンの笠松さんが監督に花束を渡しました。

最後、寒い中全員でキンキンに冷えた飲み物で乾杯し、無事に事故などもなく、映画『コーヒーが冷めないうちに』の撮影は終了しました。

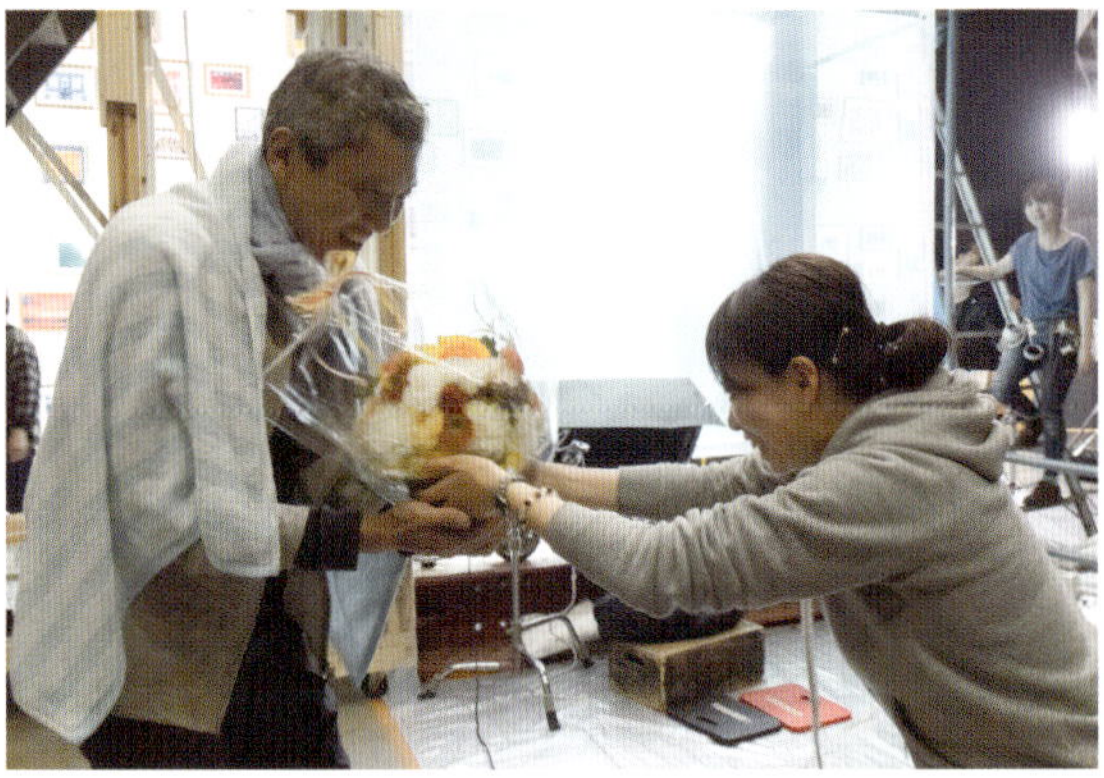

あなたの戻りたい「あの日」はいつですか？

映画公開にあたって、
みなさまの戻りたい「あの日」を
募集しました。
お送りいただいた中の一部を
ご紹介いたします。

私の戻りたい過去は、8年前の9月3日。会いたい人は父です。母が急病で他界した矢先、父は末期のがんと認知症を患い、話をしても噛み合わない日々が続いてました。ある日の病棟で、父はいつもより穏やかな顔つきで私に話しかけてきましたが、入れ歯を外していたために聞きとれず、「ごめん、何言ってるか分からない」と伝えると、残念そうに諦めたようでした。翌日未明、病院から電話があり、病室に着いたときの父は意識は無く、弱々しく呼吸をしていましたが、窓の外が明るくなる頃、静かに息を引き取りました。幼少の私に“母を泣かせるような事をしてはいけないよ”と言っていた父は、人生の最後に、私に何を伝えたかったのかと思うと、あの日に戻り、入れ歯を渡して最後の話を聞きたいです。　52歳　男性

祖母危篤の知らせに、東京から田舎に駆け付け、病院に行った時のこと。意外にも元気そうな祖母が息子を抱きたくて手を伸ばしたところ、赤ん坊の息子はむずかって大声で泣きだした。他の患者さんの迷惑になるので、祖母は伸ばした手を戻してしまいましたが、次の日の早朝に亡くなってしまいました。あれが最後かと思うと、どうしてあの時、無理にでも抱かせてあげなかったのだろうと、今でも悔やんでいます。

戻れるものなら、あの時に戻って、どんなに泣いても、祖母に息子を抱かせてあげたいと思うばかりです。　57歳　女性

東日本大震災の時に、子供達の元へと危険な海岸線を職場から車を飛ばして向かい、そのまま行方不明になってる妹へ、電話を掛けて行くなと言いたい。子供達は学校の屋上に避難してるから、職場にそのままいなさい！ と伝えることができなかった自分をいまだに責めつづけてる私。　50歳　女性

ぼくの戻りたい過去は、ぼくが生まれた時です。ぼくが生まれた時、母はお腹が死ぬほど痛くてたまらなかったと言っていました。でもそれ以上にぼくが生まれた瞬間は今までの母の人生の中で、最も嬉しくて、最も幸せな、最高の瞬間だったと聞きました。死ぬほど痛いのに、どうして最高に幸せなのか、ぼくは母からぼくが生まれた瞬間に戻り、母の人生史上、最も幸せだという顔を見てみたいのです。ぼくは中学生になってから母に迷惑をかけてばかりで、母の幸せそうな顔をずっと見ていないので。　13歳　男性

他愛もない日常だけれど「ママ、お家に帰ったら絵本を読んでね」と、息子達がかわいいお願いをしてきた、あの夜に短時間でいいから戻りたい。看護師の仕事は忙しく、毎日残業ばかり。保育園からの帰り道、お願いされたのに。ご飯を作ってから、洗濯が終わってから、洗い物した後に、と後回しにしてしまって、ふと気付いたら絵本を抱えながら２人とも寝てしまっていた。「ごめんね」私も一生懸命ではあったけど、寝顔を見ながら泣きました。

そんな息子達ももう高校生と中学生。時間は戻せないけど、もし時間が巻き戻す事ができるなら、あの日に戻りたい。その気持ちはずっとずっと変わりません。　41歳　女性

私が戻りたいのは小学1年生の秋。その年の冬、父が亡くなりました。35歳になって2日目でした。かれこれ18年前の事です。朝起きたら冷たくなっていました。私も、まだ2歳だった弟もよくわかっていませんでした。父が亡くなる前日、実は父に「明日公園行こうな」って言われて楽しみにしていたのですが、叶いませんでした。きっと死という現実は変えられないと思います。なら、せめて感謝を伝えたい。生きているうちに大好きだと、父が父で良かったと、私は来年の1月で25歳になるよと。弟も来年の1月、成人式です。全てここまで育ててくれた母のおかげでもあります。あなたが愛した女性は、優しくて面白くて怒るとかなり怖いけど自慢の母です。全てにありがとうと伝えたいです。　24歳　女性

７つ年が離れていて、喧嘩ばかりしていたお姉ちゃんと私。大人になり、小さい子供達を見ていると何度も思うことがある。あの頃に戻って、「いつもお母さんをとっちゃってごめんね。我慢してくれてありがとう」と姉に伝えたい。もう27になった姉には言わないけど（笑）。　20歳　女性

若くして自らの命を絶ってしまった親友いくちゃんに会いたいです。中学校の美術部で一緒で思い出が沢山あります。中学の時いくちゃんの家ではじめてインスタントコーヒーを飲んだね。苦くて角砂糖を何個も入れたね。高校からは別々だったけれど短大の時、青春18きっぷで秋田から長野京都金沢と旅行して楽しかったね。結婚してからは子育ての悩みなど相談していたのに。今いくちゃんに会ったら親友を亡くすことがどんなにつらく苦しいことなのかを教えてあげたい。いくちゃんがいなくなってからのみんなのことを教えてあげたい。今はコーヒーをブラックで飲んでいるけれどいくちゃんに会えたら角砂糖を入れて飲もうかな？　会えたらもっとつらくなるんだろうな。でもものすごく会いたいよ。　50歳　女性

人生初めての部下へ、10年前に彼女を叱った会議室へ戻り、あなたが大事だから、成長してほしいから厳しくしたの、嫌いじゃなく大好きだからなんだよ、と伝えたい。その後私は転職したが、離れた場所からでも彼女の成長を聞き安堵し嬉しく思っていたある日、彼女の訃報に触れる。癌だった。突然だった。いつか成長したあなたに会って、お酒を呑みながら、私の部下だった頃の話ができると思ってた。スーツの下にオレンジのＴシャツはないよ、会話が噛み合わず宇宙人みたいだったよ、でも叱られても一生懸命なあなたが可愛くて、私から離れてもしっかりできるよう厳しくしてしまった、優しくできなくてごめんね。私の初めての部下になってくれてありがとう。誰よりも幸せになってほしかった。　35歳　女性

スペシャルインタビュー 4 監督

塚原あゆ子

［プロフィール］

塚原あゆ子（つかはら・あゆこ）

埼玉県久喜市出身。大学卒業後、木下プロダクション（現：ドリマックス・テレビジョン）に入社。テレビドラマの助監督をしながら演出を学び、2005年に『夢で逢いましょう』（TBS）で演出デビュー。2015年には監督に贈られる第1回大山勝美賞を受賞。『Nのために』（14／TBS）でザテレビジョンドラマアカデミー賞監督賞、『リバース』（17／TBS）で最優秀作品賞、さらに“最も質の高いドラマ”に贈られるコンフィデンスアワード・ドラマ賞で作品賞を受賞。『アンナチュラル』で第55回ギャラクシー賞テレビ部門優秀賞、第44回放送文化基金賞テレビドラマ番組最優秀賞を受賞するなど、いま名実ともに最も人気のある演出家。今作で、満を持して映画監督デビューを果たす。

「アンナチュラル」など話題作を次々と演出し、役者からの信頼も厚い塚原あゆ子さん。映画初監督を終えた感想をお聞きしました。

——『コーヒーが冷めないうちに』はもともと小説ですが、原作を読んで、どのようにお感じになりましたか？

　やさしい物語で、感情移入するところが人それぞれ違うんじゃないかな、と思いました。結婚している人なら夫婦の物語、恋人がいれば恋人の物語。いろんな感情が生まれて、感想を言い合えるってステキだなと思いました。

——映像化に向けて、各シーンを想像しながら読まれたのですか？

他の監督はどうかわかりませんが、映像を作ることと、小説を読むことは絶対に違っていて、私は映像を思い浮かべて読むことはないですね。意識せずとも初見の心にグッときた部分はずっと芯として残っていくものなので。

『コーヒーが冷めないうちに』で言うと、グッときたのは場が動かないことですね。喫茶店から出ない物語で、人と人の関係性だけで勝負していることが心に残りました。

感動的なエピソードは魅力の1つですが、そんなふうに作品が勝負しているところ、芯として描こうとしているところが見つかるかどうかで、映像化できるかどうかも大きく変わってきますね。

——「監督」や「演出」という仕事について教えてください。どのように作品に関わっていくのでしょうか？

『コーヒーが冷めないうちに』のように原作がある場合、まずは脚本をつくるときに、演出が介在します。

例えば、タイムスリップする場面。脚本には「タイムスリップする」とだけ書いてあるわけですが、作品の幹となる部分ですから、ここをどう映像化するかが定まらないと前に進むことができません。

勉強机の引き出しから何かが出てきたり、クルマがタイムマシンになったりと、昔からさまざまなタイムスリップが描かれてきました。そこに私たちは、この作品で何を新しく入れていくべきなのかと考えて、「〝水槽に飛び込む〟という方法はどうですか？」と、脚本家とプロデューサーに提案していきました。

こんなふうに、撮影前の脚本にするという段階でおこなう演出が、監督の仕事の5割以上を占めていると思います。

——役者さん達とも話し合いをなさるのですか？

衣装合わせや台本読みの段階で、役者さんと役について細かく話し合うのも大

作品の〝幹〟を通していく。
それが私の思う、演出の仕事です

きな仕事です。それぞれの役者さんが持っている個性があり、演じる役柄にむけてみなさんが準備してきた考えがあり、そして監督からの希望もあります。

このバランスをどうしていくか。コミュニケーションを取りながら決めていくのも、監督が担う重要な役割です。

その後、撮影現場で「よーい、はい、カット」と役者さんの芝居のどこを使うかを決めるのも監督ですが、監督である私自身は、１人では何もできません。作品作りの場には撮影、照明、美術など、それぞれのプロフェッショナルがいるので、その皆さんの力を借りながら、最初から最後まで現場にいて、作品の〝幹〟を通していく。それが私のイメージする演出の仕事ですね。

――撮影中の演出について、監督が役者さんたちに「動くことによってセリフが強くなる」とアドバイスされていたとお聞きしました。この意図は？

そんなこと言ったかなぁ。無自覚でやっているところがあるからなぁ（笑）。例えば、台本に「座っている」と書いてあっても、隣の人を避けるような姿勢で座っているのか、テーブルに突っ伏してだらけて座っているのかでも、その人の状況や周囲との関係が変わってきますよね。

そうしたあつらえ、動きに関しては常にうるさいタイプなんだと思います。

どういうときに役者さんと話をするかというと、「自然じゃないな」と感じたときです。

例えば、喫茶店の営業中に数ちゃんや流が動きを止めていることはないはずなので、架純ちゃんや深水さんとは、何度も動きの話をしました。

「そのセリフを言うなら、この姿勢の方がいいと思います」とか、「立っている方が良くないですか？」とか。そういう提案をすることは多いかもしれません。

――有村架純さんからは、数の部屋に新谷が訪ねてきたシーンで、監督が伊藤健太郎さんに「頭、ポンポンくらいしなよ」とアドバイスされていたとお聞きしました。これもまた動きとセリフに関連した演出ですか？

あそこは、最初のリハで見たときに、距離感が遠すぎやしないかと思ったんですね。最初、伊藤さんは部屋に入ってテ

ーブルを挟んで座っていて（笑）。

伊藤さんが、女優の有村架純さんに会いに来たならわかるけれど、新谷が、彼女である数ちゃんに会いに来たなら、その距離感ではないよね、と。

それで、「頭、ポンポン」と言ったのかな。とにかく2人の距離感を近くしないと、次のシーンにつながらないと思ったんです。数ちゃんからしたら、もしも家に来た新谷くんの距離が遠かったら、「私と別れようと思ってる？」と不安になってしまうはず。だから、「とにかく数との距離を近くしてほしい」と思ったんです。

——もしフニクリフニクラでコーヒーを飲み、過去に戻るとしたら、どうしますか？

私には育ての親と言える大叔父がいるんですね。長く一緒に暮らしていた時期があって、父親が2人いるような感覚なんです。

その大叔父が亡くなるとき、立ち会えなかったことが後悔として残っています。すごくお世話になったのに、高校、大学と、ちょうど親から離れていく時期があって、話す機会も少なくなっていって。そんな時期に、大叔父は亡くなったんですね。

ありがとうのひと言もきちんと伝えていないままで、今ならもっといたわることができただろうにな、と。父よりも年上だったから、普通なら、大人になってから親孝行ができる時間があるんでしょうけど、わたしがまだ子どものうちに、冷たいままの対応で別れてしまったなと思うんです。

だから、大叔父が倒れる前に戻りたいですね。晩ごはんの後、倒れたと聞いているので、「夕食を食べないで」と伝えたい。吉田羊さんが演じた八絵子の思いに近いかな。伝えることで止められるのであれば、戻ってそう伝えたいですね。

スペシャルインタビュー 5 脚本

奥寺佐渡子

原作者も感激した、すばらしい脚本を書かれた奥寺さんにお話を伺いました

——原作の感想はいかがでしたか？

小説として、テーマが非常に明確でした。恋人、夫婦、姉妹、親子と、どんな方が読んでも、どこかに自分を重ねられるストーリーで、読み終わった後に「私はこの話が好き」「このエピソードが泣けた」と盛り上がれる、楽しくて温かい話だなというのが、原作の印象でした。

また、コーヒーが冷めるまでの短いあいだに、自分の言いたいことをすべて伝えなくてはいけないという設定が、いいなと思いました。

原作を読みながら感じた、みんなが「あれも、これも言わなきゃ」とワタワタしている雰囲気を、映画でも大事にしていきたいと思っていました。

——映画オリジナルキャラクター、新谷亮介はどうやって考えられたのですか？

脚本を書く前に塚原監督と打ち合わせをして、「最後は数の話にしよう」と決まり、そこから逆算して作っていきました。「いつもお店にこもっていたい数ちゃんを外に連れ出せるのは、どんな性格の男の子だろう?」「どんな男の子だったら、数ちゃんが『この人と家族になりたい』と思えるかな?」と考えていきました。

私、数ちゃんが好きなんです。だから、なんとかこの子が幸せになれたらいいなと思って書いていました。クールに見えますけど、数ちゃんはとても健気ですよね。「数ちゃん、こんな彼氏だったらどう?」と対話しながら、「がんばって」と応援しながら、書いていました。

——2人のデートシーンが印象的でした。

2時間のあいだに、出会って、付き合って、恋人同士になって、さらに家族になるというのはかなり超スピードの展開ですから、今回は「あるある」と誰もが

［プロフィール］

奥寺佐渡子（おくでら・さとこ）

岩手県出身。1993年『お引越し』で脚本家デビュー。テレビドラマでは『夜行観覧車』『Nのために』『リバース』など、映画では『時をかける少女』『サマーウォーズ』『おおかみこどもの雨と雪』などの脚本を手がける。1996年に『学校の怪談』で日本アカデミー賞脚本賞受賞。2010年に『サマーウォーズ』で第9回東京アニメアワード個人賞（脚本賞）を、2012年に『八日目の蟬』で第35回日本アカデミー賞最優秀脚本賞を受賞。

共感できそうなことを抽出していきました。好きな人と初めて花火大会に行ったり、友だちみんなで飲みに行って1人だけ帰りがけに誘われたドキドキだったりって、誰もが経験したことがあって、きっと一生忘れないことだと思うんです。それを書きたいと思っていました。

――2人の恋がリアルに感じられましたが、どのようにお書きになるんですか？

女の子が主人公で、その子を好きな男の子がいるときは、男の子の気持ちになって書くようにしています。新谷が「数ちゃんを好きになっちゃった。どうしよう？」みたいな気持ちです。数を好きになって変化し、成長していく新谷の姿はきちんと見せたいと思っていました。

――塚原監督の演出はいかがでしたか？

塚原監督とは、これまで何度もご一緒していますが、とにかく役者さんのお芝居をていねいにすくってくださる監督さんで、ストーリーはわかっているはずなのに、何度もほろっときてしまいました。

それから、塚原監督の切り取る実景のカットは本当に美しいです。数ちゃんと新谷が池の畔に写真を撮りに行くシーン、雪の中を歩くシーン、花火のシーン……選びきれませんが、とても良かったです。

――喫茶店に行くことはありますか？

アイデアなどを考えるときに、喫茶店に行きます。好みは、あんまりはやっていない静かなお店。でも、そういう居心地のいいお店ほど、なくなってしまいますね(笑)。頼むのはいつもブレンドです。

フニクリフニクラみたいなお店があったら、過去に戻れる、戻れないは関係なく行ってみたいです。ごはんがおいしそうだし、仕事もはかどりそうです。

――もしフニクリフニクラでコーヒーを飲み、過去に戻るとしたら？

じつは過去に戻りたいという気持ちはあまりなくて、行くとしたら未来がいいです。子どもが大きくなった姿を見てみたい。30歳、40歳のおじさんになったときに、どんな大人になっているのか、どんな生活を送っているのかを、こっそり見てみたいですね。

「数ちゃんがとても好きで、この子が幸せになれたらと思って書きました」

原作者

川口俊和

コメント

22歳から舞台の演出家として活動してきた僕にとって、自分の作品が映画になることは、夢ではありましたが、まさか現実になるとは思いもよりませんでした。
この小説を愛してくださった読者の皆様と、本を店頭に並べていただいた全国の書店員の皆様の熱い想いのおかげだと思っています。 でも、もしこれが「夢」なのだとしたら、せめて銀幕で流れるエンディングを見届けるまで冷めないでほしいです。

主題歌

YUKI『トロイメライ』

『トロイメライ』
作詞：YUKI
作曲：CHI-MEY
編曲：YUKI、CHI-MEY

ニューシングル『トロイメライ』
2018年9月19日リリース
ESCL-5105 / ¥1,296
(EPICレコードジャパン)

コメント

映画『コーヒーが冷めないうちに』の主題歌を担当することになり、とても光栄です。ありがとうございます。
原作を読み、映画を観て、『トロイメライ』は完成しました。

何があってもおかしくない毎日の中で、私達は、哀しい事も嬉しい事も引き受けて暮らしています。「後悔しない生き方」に憧れ、頑張りながら、それでも人は時々、間違えてしまいます。でもそれは、もしかしたら、赦しあうためなのかもしれません。登場人物一人一人に思いを寄せていたら、そう、たどり着きました。間違えてしまうからこそ、お互いに赦しあって、生かされていくのではないかと。私には小さな傷跡が沢山残っているけれど、それを見る度に、他者に赦されてきた自分に気付くのです。過去の自分を責めて、前に進めなくても、その時の決断が決して利己的なものではなかった事を、誰かがきっと、わかってくれている。そうであってほしい、という希望と願いを込めて、作りました。

映画を観て、『トロイメライ』を聴いて、何度でも泣いて、何度でも笑ってください。

映画

「コーヒーが冷めないうちに」

オフィシャルブック

2018年9月15日　初版発行
2018年9月25日　第2刷発行

編　　者　2018「コーヒーが冷めないうちに」製作委員会
発 行 人　植木宣隆
発 行 所　株式会社サンマーク出版
東京都新宿区高田馬場2-16-11
☎ 03-5272-3166（代表）

ブックデザイン　轡田昭彦＋坪井朋子
イ ラ ス ト　マツモトヨーコ（P6, 41）
構　　成　佐口賢作
校　　閲　鷗来堂
出版コーディネート　岡田有正　中山智絵（TBSテレビ 事業部 映画・アニメ事業部）
編　　集　池田るり子＋淡路勇介（サンマーク出版）

印刷・製本　株式会社暁印刷

定価はカバー、帯に表示してあります。
落丁・乱丁本はお取り替えいたします。

ISBN978-4-7631-3714-2　C0093
ホームページ　http://www.sunmark.co.jp

あの日に戻れたら、あなたは誰に　会いに行きますか？

コーヒーが冷めないうちに

第一話『恋人』
結婚を考えていた彼氏と別れた女の話

第二話『夫婦』
記憶が消えていく男と看護師の話

第三話『姉妹』
家出した姉とよく食べる妹の話

第四話『親子』
この喫茶店で働く妊婦の話

定価／本体価格１３００円＋税
ISBN978-4-7631-3507-0

この嘘がばれないうちに

第一話『親友』
二十二年前に亡くなった親友に会いに行く男の話

第二話『親子』
母親の葬儀に出られなかった息子の話

第三話『恋人』
結婚できなかった恋人に会いに行く男の話

第四話『夫婦』
妻にプレゼントを渡せなかった老刑事の話

定価／本体価格１３００円＋税
ISBN978-4-7631-3607-7

思い出が消えないうちに

第一話
「ばかやろう」が言えなかった娘の話

第二話
「幸せか？」と聞けなかった芸人の話

第三話
「ごめん」が言えなかった妹の話

第四話
「好きだ」と言えなかった青年の話

定価／本体価格１４００円＋税
ISBN978-4-7631-3720-3

映画「コーヒーが冷めないうちに」原作小説　好評発売中〈シリーズ１００万部突破〉